FANTAISIES SAVOISIENNES.

LES CHARMETTES

PAR

ANTONY DESSAIX

AIX-LES-BAINS,
IMPRIMERIE BACHET.

1872

FANTAISIES SAVOISIENNES.

LES CHARMETTES

PAR

ANTONY DESSAIX

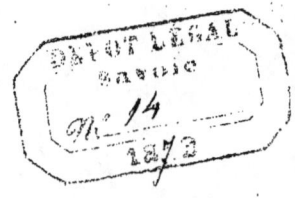

AIX-LES-BAINS,
IMPRIMERIE BACHET.

1872

A Monsieur le Docteur DÉNARIÉ

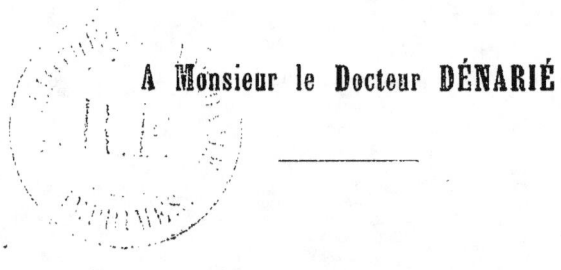

C'est vous et les vôtres, mon cher Docteur, qui avez su conserver avec un culte édifiant toute la grâce légendaire de cette villa célèbre par le séjour qu'y fit le futur philosophe de Genève ;

C'est vous et les vôtres qui savez avec la plus faite amabilité faciliter aux nombreux pèlerins qui assiégent votre porte l'accès de ce réduit par Jean-Jacque habité ;

S'il me fallait d'autres motifs pour excuser la liberté grande, ma reconnaissance pour vos bons soins me servirait à souhait.

C'est donc à vous que je dois l'hommage de cette fantaisie.

Veuillez donc bien, mon cher Docteur, accepter la dédicace de cette bagatelle comme un témoignage de ma respectueuse sympathie et comme l'expression de mon estime affectueuse.

Antony DESSAIX.

LES CHARMETTES

—

I

Au fond du golfe du Bengale,
Chez le Cafre et le Hottentot,
Chez le Huron, le Cannibale,
A Paris et même à Chaillot,

— Convaincu de ne point commettre
A ce propos la moindre erreur, —
Je veux parier qu'une lettre
Mise dans la boîte au facteur,

Avec : Aux Charmettes, pour toute
Adresse, et même mal écrit,
Il n'est personne qui n'ajoute
Aussitôt : Près de Chambéry.

D'où je conclus, Mesdemoiselles,
Qu'il n'est à voir à Chambéry,
En fait de choses vraiment belles,
Que les Charmettes... Allons-y

Donc.

II

Je ne connais pas lieu de pèlerinage
Plus connu, plus en vogue et si bien fréquenté,
Que ce petit *réduit par Jean-Jacque habité*
Aux plus beaux jours de son jeune âge,

Et qui fut par Rousseau constamment regretté,
Même au milieu des fleurs de ce bel ermitage
Qu'au parc d'Ermenonville un riche personnage
Au misanthrope avait prêté.

Non, il n'existe pas, je l'affirme sans crainte,
De chapelle, de châsse, ou de dolmens pieux,
Que viennent visiter autant de curieux
    Que cette gracieuse enceinte

Où l'on vient admirer un pauvre piano
Sur les touches duquel s'est exercé Jean-Jacque;
Sa montre avec. Allez, ça semble une patraque,
    Mais c'est un fameux bibelot.

Dites, vous connaissez l'église de Fourvières?
On passe, pour s'y rendre, entre deux murs tout nus,
Par un chemin nommé... je ne m'en souviens plus,
    Et pavé d'infernales pierres.

Oh! quelle différence et quel joli sentier
Que celui qui, grimpant, vous conduit aux Charmettes!
De l'ombre tout le long, et des sources coquettes
    A rafraîchir le monde entier.

.Qu'on s'étonne, après ça, de l'immense affluence
De voyageurs errants sur les flancs du coteau
Dont il est tant parlé par Jean-Jacques Rousseau
    Dans une intime confidence.

Tous les hommes y font visite, c'est certain;
Et les femmes donc!... Mais, que l'on daigne m'en croire,
Des Charmettes le plus touchant titre de gloire,
    C'est la pervenche du chemin.

III

    O fleur mystérieuse,
    Tu ne sais être heureuse
    Qu'aux rebords des ravins.
    On t'y trouve en grand nombre,
    Car tu sais bien que l'ombre
    Protége tes destins.

Ta nuance discrète,
Plus que la violette
Ou le fade lilas,
Plus aussi que la veuve,
Semble comme une épreuve,
Inconnue ici-bas.

On ne voit pas ta tige,
Mais on sent le prestige
Qu'elle exerce alentour;
Par ta fraîcheur extrême
Tu dois être l'emblème
Du printanier amour.

Le vallon des Charmettes
T'offre tant de retraites
Que tu t'y sens chez toi;
C'est une résidence
Dont la magnificence
Vaut un palais de roi.

Aussi, ma douce reine,
T'y voilà souveraine,
Au gré de ton désir;
De ta fraîche corolle
Le monde entier raffole
Et vient pour te cueillir.

Gardes-en souvenance,
Ta gloire prit naissance
Au bord de ce ruisseau;
Car c'est là, je présume,
Que se forma la plume
Et le cœur de Rousseau.

IV

Et lequel valait mieux, ou son cœur ou sa plume ?
C'est ici qu'aussitôt la dispute s'allume
Et que chaque orateur, de diverse façon,
Se permet de juger l'homme et le publiciste...
Mais moi, qui là-dessus suis pris à l'improviste,
Je garde devers moi mon humble opinion.

Rien que deux mots : C'était un fort drôle de sire ;
Défiant et jaloux comme on ne saurait dire,
Il a tout ce qu'il faut pour se faire abhorrer.
Mais aimant d'un amour qu'il sait si bien écrire,
De blessures sans nom subissant le martyre,
Il a plus qu'il ne faut pour se faire adorer.

V

Ne montez donc pas aux Charmettes
Sans certaines précautions,
Car les murailles sont muettes,
Emportez les *Confessions.*
Ce livre n'a pas une ride,
Et c'est vraiment le meilleur guide
Qu'on puisse mettre dans vos mains,
Si vous êtes assez adroite
Pour lire à gauche quand la droite
Renferme des traits trop malsains.

Mais cette plume a tant de charmes
Que l'on s'abandonne à rêver
Ses rêves, à pleurer ses larmes,
Tant elle sait vous captiver.
Vous y voyez sous l'alchimiste
Se dessiner le botaniste
Et poindre le musicien ;
Mais aussi de l'ingratitude
Vous y pouvez faire une étude,
Un vrai cours qui se porte bien.

VI

Quel que soit ton avis, crois-le fou, crois-le sage,
A son *réduit* tu dois faire un pèlerinage,
    Histoire de mettre ton nom
Sur le tome centième où les passants s'inscrivent,
Où les uns font des vers, où les autres écrivent
    Quelque tirade de sermon.

A feuilleter ce livre aisément l'heure passe.
Cette distraction vous plaît et vous délasse,
    Et l'on garnit son calepin
De maximes, de mots, qui frappent la pensée;
Puis on y met le sien, — quelque phrase insensée;—
    Après, on gagne le jardin.

Le fameux piano n'est rien qu'une épinette;
Ses marteaux sont cassés et sa voix est muette.
    Et dire que ces touches-là
Ont bercé le *Devin du Village* peut-être,
Et fredonné : *Je l'ai planté, je l'ai vu naître,*
    Que le monde entier répéta.

La montre..., je conviens que rarement ma bonne
Au marché trouve oignon plus gros, Dieu me pardonne,
    Que ce phénix de potager.
Si Genève jamais fabriqua sa semblable,
Qu'elle porte le nom de Rousseau, c'est probable
    Que c'est le nom de l'horloger.

Rappelez-vous Rousseau. Quand il vint aux Charmettes,
Il n'avait, c'est certain, ni souliers, ni chaussettes,
    Je vous le dis en vérité.
Quand il quitta *maman* était-il donc plus riche?
Avait-il une montre? Allons donc! je t'en fiche...
    Peut-être au Mont-de-Piété.

Et puis, pouvait-on croire alors que ce jeune homme,
Moitié valet, moitié jardinier, majordome,
          Deviendrait l'homme au grand renom?
Qui pouvait bien avoir un esprit prophétique
Capable de flairer une sainte relique
          Dans ce problématique oignon?

Car Rousseau bien longtemps vécut dans le ténèbre,
Inconnu, misérable. Il ne devint célèbre
          Que vers l'âge de quarante ans.
Et sa *maman* alors était déjà grand'mère,
A moins qu'elle ne fût couchée au cimetière...
          Pauvre madame de Warens!

VII

          Hélas! oui, pauvre femme,
          Tu lui donnas ton âme,
          Maman, épouse et sœur.
          Mais par la jalousie
          Bientôt tu fus trahie...
          Ce trait me fait horreur.

          . . . .
          . . . .
          . . . .
          . . . .
          . . . .
          . . . .

          Et toi, si généreuse,
          Dont la bonté pieuse
          A tous tendait la main,
          Tu meurs pauvre, isolée,
          Tu dors sans mausolée,
          Sur les rocs de Lémenc.

VIII

Du seigneur de Noiret elle était locataire,
  Ni plus ni moins, car ses moyens
Ne lui permettaient pas d'être propriétaire.
  Et la faveur des souverains

— Qui payaient chèrement son âme convertie,
  En cherchant partout des élus, —
N'allait pas des Tavel acheter l'hérésie
  Au prix de plus de mille écus.

Mais c'en était assez, au bon temps, pour bien vivre
  Cette modique pension
Suffisant à maman, de soucis la délivre,
  Elle n'a pas d'ambition.

A protéger les arts, à fêter les artistes
  Elle met ses plus vifs plaisirs ;
Le reste se dépense avec des alchimistes,
  A composer des élixirs.

Le petit, qui, faisant l'école buissonnière,
  S'était pris d'amour pour les fleurs,
Avait une aptitude assez particulière
  Pour les médicales liqueurs.

    Et tous les deux, dans le silence,
    Soufflaient, soufflaient sur les fourneaux,
    Groupaient et mettaient en présence,
    Les fleurs, les pierres, les métaux ;
    De là tiraient la quintessence
    Et faisaient des produits nouveaux
    Qui s'écoulaient, non pas en France,
    Mais dans le pays des châteaux.

IX

Qu'est-ce donc que cette amazone
Et ce faune, qu'un cicérone,
Bonne femme de soixante ans,
    Montre et donne
Pour les portraits fort ressemblants
De Jean-Jacques peignant la flamme
Qui dévorait son cœur, son âme,
Aux pieds de la bonne madame
    De Warens?

C'est une sorte de peinture
Qui ne doit rien à la nature
Et qui nous vient on ne sait d'où,
    Je le jure.
Il faudrait être vraiment fou
Pour croire qu'elle fut l'émule
D'une virago sans scrupule.
Et quand Rousseau fit-il l'hercule,
    Après tout?

X

Boileau l'a dit : Assez de festons, d'astragales ;
Laissons Hercule en paix courtiser les Omphales.
    Dans le jardin je vous attends.
Là, les fleurs et les fruits se massent en grand nombre ;
Rousseau fait du soleil et Rousseau fait de l'ombre,
    Comme autrefois pluie et beau temps.

Et la fleur, qui demande à n'être qu'arrosée,
Trouve ici tour à tour une douce rosée
    Et le soleil le plus discret.
Il est quelqu'un par là qui mène bien la chose,
Quelqu'un qui librement du domaine dispose,
    Un vrai jardinier, un sourd-muet.

Un sourd-muet qui comprend tout ce qu'on peut lui dire
Et qui fait mieux encore : il se charge d'écrire
    Sur le sable le nom des fleurs.
Il est bon prince, allez ! et bravement il donne
A l'une un beau bouquet, à l'autre une couronne
    Et des graines aux amateurs.

J'y pense. Ce sourd-muet ne serait-il point l'ombre
Du philosophe errant sur le rivage sombre
    Et qui, désertant les enfers,
Reviendrait ici-bas pour faire pénitence
Et passerait ses jours dans un profond silence,
    Pour l'exemple de l'univers?

Oh! mais alors, pourquoi le muet sait écrire?
Jean-Jacques, comme lui, s'il ne savait rien dire,
    Par contre écrivait un peu bien.
Si c'est pour le punir qu'il revient sur la terre,
C'est s'y prendre assez mal, le forcer à se taire
    Quand à dire il ne reste rien...

XI

Faites votre pèlerinage
Une fois, de très grand matin,
Par un ciel pur et sans nuage;
Allez, allez jusqu'au chemin
Qui, sans parapet, sans ombrage,
Longe à mi-côte le ravin.
Vous y verrez lever l'aurore,
— Tout comme un homme vertueux. —
Quel spectacle prodigieux !
Voulez-vous le revoir encore?
Allez plus loin, car le coteau
S'arrange de telle manière
Que le père de la lumière
Se lève — et chaque fois plus beau —
Aussi souvent que saurait faire
Le plus habile damoiseau.

. . . .
. . . .
. . . .
. . . .

Allez, et relisez ces trois ou quatre pages,
Cette description, modèle sans pareil,
Car je crois fermement que c'est dans ces parages
Que le grand prosateur copiait le soleil.

XII

Maintenant, regagnez en paix votre demeure;
    Votre devoir est accompli;
Votre pèlerinage a duré moins d'une heure.
    Temps fut-il jamais mieux rempli?

Vous avez vu comment le Savoyard, fidèle
    Aux plus généreux sentiments,
Environne de soins la demeure immortelle
    Du plus célèbre des amants.

Le culte du passé dans nos cœurs a sa flamme,
    Et nous croyons en l'avenir;
Vous qui nous avez vus, élevez dans votre âme
    Un autel pour le souvenir.

FIN.

www.ingramcontent.com/pod-product-compliance
Lightning Source LLC
Chambersburg PA
CBHW070804200626
46811CB00023B/1679